Analyse de l'œuvre

Par Gil Smits

Une vie

Simone Veil

lePetitLittéraire.fr

Analyse de l'œuvre

Par Gil Smits

Une vie

Simone Veil

Rendez-vous sur lepetitlitteraire.fr et découvrez :

Plus de 1200 analyses
Claires et synthétiques
Téléchargeables en 30 secondes
À imprimer chez soi

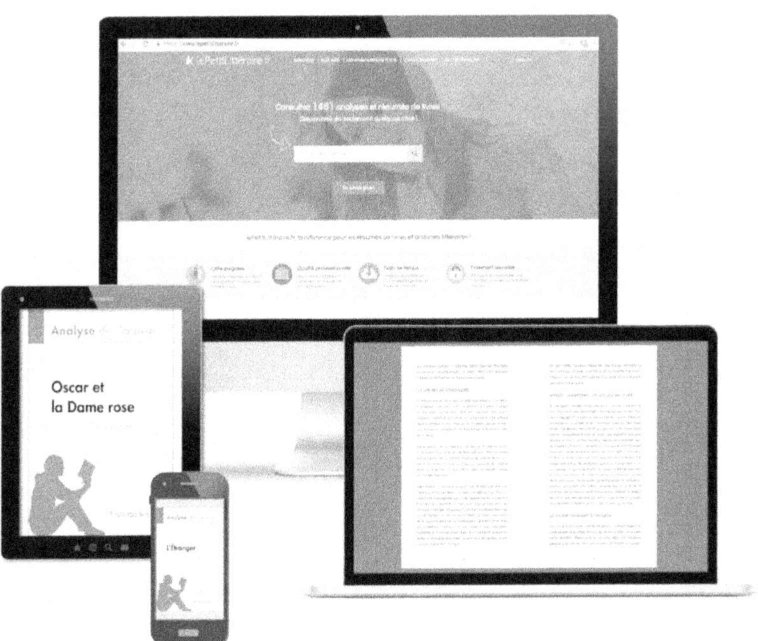

UNE VIE

MÉMOIRES D'UNE FEMME ENGAGÉE

- **Genre :** autobiographie
- **Édition de référence :** *Une vie*, Paris, Stock, 2007, 397 p.
- **1re édition :** 2007
- **Thématiques :** France, Shoah, politique, Europe, témoignage.

Une vie est le récit mémoriel et autobiographique de Simone Veil. Dans cet ouvrage, divisé en onze chapitres, elle raconte sa vie, de son enfance dans les années 1930 jusqu'en 2007, l'année de l'élection de Nicolas Sarkozy. Elle évoque ses souffrances extrêmes et l'enfer de la déportation durant la Shoah, ses rencontres durant l'après-guerre et son parcours de femme engagée politiquement.

Cette œuvre – dont le titre est emprunté à Guy de Maupassant – est écrite l'année de ses quatre-vingts ans, après des décennies à œuvrer sur la scène politique française et européenne. Libre de tout engagement après une présidence de sept ans à la tête de la Fondation pour la mémoire de la Shoah, Simone Veil rédige son auto-biographie pour offrir une vision d'ensemble cohérente sur son parcours. Son récit marque profondément la vie littéraire et intellectuelle française et lui ouvre les portes de l'Académie française en 2008.

Elle rédige par la suite plusieurs ouvrages dans lesquels elle continue à livrer ses souvenirs et qui éclairent certains pans de sa vie (*Mes combats* en 2016, *Les hommes aussi s'en souviennent* en 2017). Sa dernière œuvre, *L'aube à Birkenau* (2019), est publiée à titre posthume. Il s'agit d'un livre-album rédigé en collaboration avec le scénariste David Teboul après de longues heures d'entretiens.

Avec deux éditions disponibles et plus de 300 000 exemplaires vendus, *Une vie* connait un franc succès, renforcé par la notoriété de son auteure et par son entrée au Panthéon en juillet 2018.

SIMONE VEIL

MINISTRE ET FEMME D'ÉTAT FRANÇAISE

- **Née en juillet 1927 à Nice et décédée en juin 2017 à Paris**
- **Quelques-unes de ses œuvres :**
  - *Mes combats. Les discours d'une vie* (2016), recueil de discours
  - *Les hommes aussi s'en souviennent* (2017), recueil de discours
  - *L'Aube à Birkenau* (2019), autobiographie

Née le 13 juillet 1927, Simone Veil (née Jacob) est une femme d'État et magistrate française. Durant la Shoah, en mars 1944, elle est déportée à Auschwitz-Birkenau et perd une grande partie de sa famille. Elle est par la suite transférée dans des camps successifs jusqu'à Bergen-Belsen, où elle est libérée par les troupes britanniques en avril 1945. De retour en France, elle entre à la faculté de droit et à l'Institut d'études politiques de Paris. Durant ses études, elle rencontre Antoine Veil, qu'elle épouse en octobre 1946. En 1956, elle entre dans la magistrature en tant que haut fonctionnaire. Elle occupe le poste de ministre de la Santé sous la présidence de Valéry Giscard d'Estaing (1974-1979) et parvient à faire voter la dépénalisation de l'avortement (surnommée « loi Veil »). Elle quitte le gouvernement français en 1979 et préside le Parlement européen durant deux ans et demi. Elle retourne à la vie politique française en 1993 en tant que ministre d'État, des Affaires sociales, de la Santé et de la Ville. En 2008, elle entre à l'Académie française, prestigieuse institution de Lettres. Lorsqu'elle décède le 30 juin 2017, un hommage national lui est rendu. Le 1er juillet 2018, elle est inhumée au Panthéon, monument qui honore ceux qui ont marqué l'Histoire de France.

RÉSUMÉ

DU PARADIS À L'ENFER

Dans ce premier chapitre, Simone Veil évoque son enfance passée à Nice près de sa famille, installée sur la Côte d'Azur. Elle est issue d'une famille juive bourgeoise et patriote présente en France depuis le XIXe siècle. Elle raconte avec nostalgie ces années d'avant-guerre, où elle vit dans un environnement rassurant. La crise économique des années 1930 touche durement la famille, mais Simone n'est guère affectée par les problèmes matériels. Elle garde de vifs souvenirs des premières années de l'Allemagne nazie et de la montée de l'antisémitisme, avec l'arrivée massive de réfugiés juifs dans la région de Nice.

Dès 1939, les évènements prennent une triste tournure. La France entre en guerre contre l'Allemagne le 1er septembre. Simone et sa famille se sentent menacés par l'insécurité que connait le territoire français au fur et à mesure de l'avancement de l'armée allemande. L'armistice signé entre la France et l'Allemagne ainsi que les premières lois ségrégatives du régime de Vichy sont accueillis avec stupeur. L'influence de la police militaire du Reich allemand – la Gestapo – s'étend dans les années 1940. La tragédie arrive le 9 septembre 1943, avec l'entrée des troupes allemandes dans Nice et le début des arrestations massives. Lors d'un contrôle par deux policiers en civil en mars 1944, elle se fait arrêter peu après la réussite de son baccalauréat. Elle est envoyée avec sa mère, son frère Jean et sa sœur Milou au camp de transit de Drancy. Simone et sa famille attendent avec appréhension leur déportation vers l'Allemagne. Pour Simone, le cauchemar commence lorsqu'elle est envoyée avec ses proches au camp d'extermination d'Auschwitz-Birkenau.

Elle décrit l'horreur du quotidien, les difficultés du travail forcé et les peurs qui l'animent dans cet environnement désespérant et chaotique, où la pestilence des corps brulés dans les fours crématoires et l'humidité des marais se font omniprésentes. Le 7 juin 1944, elle apprend la nouvelle du débarquement allié en Normandie. Grâce à une autre prisonnière, elle est envoyée avec sa mère et sa sœur au camp de Bobrek, où les conditions de vie sont moins dures et où les prisonniers travaillent pour la compagnie Siemens. Cependant, l'avancée des troupes soviétiques fait paniquer les autorités allemandes et le camp est évacué. Simone Veil raconte la longue marche de la mort de plus de 70 kilomètres et les camps successifs jusqu'à Bergen-Belsen, au nord de l'Allemagne, où décède sa mère. Sa sœur tombe gravement malade, atteinte du typhus. Le camp est libéré le 15 avril 1945 par les troupes britanniques, mais Simone et sa sœur ne sont pas libres pour autant. Il faut plusieurs jours d'attente avant que commence leur rapatriement par camion.

LA RECONSTRUCTION

De retour en France en mai 1945, Simone peine à retrouver un rythme de vie normal. Elle décide de poursuivre des études pour trouver un métier et devenir financièrement autonome. À Paris, elle s'inscrit en droit ainsi qu'à l'Institut d'études politiques. Durant ses études, elle se construit un réseau de connaissances qui l'introduit dans les sphères politiques. Lors des vacances de Mardi gras, elle fait la connaissance d'Antoine Veil, issu d'un environnement fort semblable au sien. Ils se marient en 1946 et le couple fonde rapidement une famille. Antoine se lance dans la fonction publique. Simone reste dans l'ombre de son mari, mais après l'entrée de celui-ci à l'École nationale d'administration, elle se lance dans la magistrature sous la IVe République, et son parcours est semé d'embuches.

Après deux années de stage, elle est reçue au concours de la magistrature et est affectée à la direction de l'administration pénitentiaire. Elle consacre son temps à des tournées d'inspection et apprend les rouages administratifs. Après son affectation dans l'administration pénitentiaire, on lui propose le secrétariat de deux commissions, mais son supérieur l'affecte à la direction des affaires civiles. Elle travaille à la réforme du Code civil et à la mise en place d'une plus grande égalité juridique entre les hommes et les femmes. Lorsque Mai 68 survient, elle se passionne pour les évènements, mais ne tolère pas certains excès étudiants, en particulier les violences contre la police. Après le référendum constitutionnel de 1969 et la démission du général de Gaulle, Simone apporte son soutien à Georges Pompidou. Elle assume plusieurs fonctions sous sa présidence. Durant cette période, elle tisse des liens et noue des relations avec des membres de la haute fonction publique.

AU SERVICE DE GRANDES CAUSES

En mars 1974, elle apprend la nouvelle du décès de Georges Pompidou. Sans préavis, la campagne présidentielle commence aussitôt. Elle apporte son soutien à Valery Giscard d'Estaing. Durant sa campagne, ce dernier a assuré qu'il appellerait des femmes au gouvernement. Le Premier ministre Jacques Chirac suggère le nom de Simone, toujours inconnue du grand public, au nouvel hôte de l'Élysée. Elle accepte son offre de faire partie du gouvernement et obtient le ministère de la Santé. Sa nouvelle fonction mobilise toute son énergie. Elle est rapidement mise sur le devant de la scène avec son combat pour l'IVG, un problème qui la sensibilise depuis des années à la fois en tant que femme, mais aussi en tant que magistrat. Elle fait le récit de l'élaboration et du vote de cette loi, et rappelle l'appui inconditionnel du président sur ce dossier et les oppositions rencontrées. Elle pense que les hommes sont plus réfractaires à la contraception qu'à l'avortement. Pour elle, la contraception consacre la liberté des femmes et la maitrise qu'elles ont de leur corps, dont elles dépossèdent ainsi les hommes. Les attaques se font plus virulentes à l'approche du vote de la loi. Dans la nuit du 29 novembre, après de longues heures de débats houleux, la loi est votée avec une courte majorité et est adoptée en janvier 1975. Simone Veil gagne alors une image de femme engagée et combattive. Cependant, au fur et à mesure des années, elle commence à sentir l'usure du pouvoir. Lorsque la perspective de la première élection du Parlement européen au suffrage universel commence à se préciser, le président lui propose de porter les couleurs de l'UDF. Ayant besoin de changement, Simone saute sur l'occasion et découvre la réalité d'une campagne électorale.

Lors de l'élection, sa liste arrive première. Le président français s'active alors pour faire de Simone la présidente du Parlement. Malgré les divisions internes des députés français, elle est élue avec trois voix de plus que la majorité absolue. Elle se met rapidement au travail, se voulant le plus unitaire possible. Elle doit composer avec le fait de travailler en trois lieux différents (Strasbourg, Bruxelles et Luxembourg) et est très hostile à ce système. Elle garde cependant de bons souvenirs de ses années au Parlement, et évoque l'évolution du projet européen jusqu'à aujourd'hui, une évolution marquée par de réelles réussites, mais aussi de nombreux échecs. Durant sa présidence, elle a eu l'occasion de nouer de bonnes relations avec les dirigeants étrangers, notamment avec le chancelier allemand Helmut Schmidt et le président égyptien Anouar el-Sadate. À l'issue de son mandat en 1982, elle décide de retirer sa candidature pour la prochaine élection et siège en tant que simple députée.

En mars 1993, Simone Veil reçoit un appel du nouveau Premier ministre du gouvernement Mitterrand, Édouard Balladur. Ce dernier lui propose de revenir à la politique nationale, en tant que ministre d'État à la Santé et aux Affaires sociales. Avant d'accepter, elle demande d'adjoindre à ses fonctions celle du ministère de la Ville. Malgré une équipe ministérielle enthousiaste, elle exerce son rôle dans une ambiance lourde et pesante. De plus, la situation du pays est difficile, avec un déficit de la Sécurité sociale, une gestion désastreuse des hôpitaux et un communautarisme grandissant dans les banlieues. Elle fait la connaissance d'un jeune ministre, Nicolas Sarkozy, qui commence à faire parler de lui. Lorsque vient l'élection présidentielle de 1995, elle soutient Édouard Balladur, qui échoue face à Jacques Chirac. Par la suite, elle se décide à rejoindre le parti de la « Nouvelle UDF » mené par François Bayrou, qu'elle quitte en 1997.

Peu après avoir quitté l'UDF, Simone Veil est invitée à siéger au Conseil constitutionnel et quitte la vie politique. Ravie de retrouver le monde du droit, elle prête serment en mars 1998, pour un bail de neuf ans. Son mandat est assorti d'un devoir de réserve sans faille, tant sur les travaux du Conseil que sur la vie politique française. Elle quitte ses fonctions au Conseil en mars 2007 et, libre de son devoir de réserve, prend fait et cause pour la candidature de Nicolas Sarkozy à l'élection présidentielle. Elle présente son choix comme dans la continuité d'un parcours commencé il y a plus de trente ans. Elle évoque certaines des réformes qu'elle estime nécessaires pour la société française : l'éducation, le travail, le dialogue social, les retraites, le logement, la santé et la justice.

Elle termine son ouvrage en mentionnant sa fonction de présidente de la Fondation pour la mémoire de la Shoah, qu'elle quitte également en 2007. Cette Fondation finance des travaux et sert à la mémoire des déportations.

ÉCLAIRAGES

Le parcours de Simone Veil est connu sommairement du grand public. En effet, elle s'est toujours très peu confiée et a attendu ses quatre-vingts ans pour écrire son histoire. Le succès de l'ouvrage s'explique notamment par l'attente de ce témoignage. *Une vie* est une autobiographie, un récit rétrospectif que Simone Veil fait de sa propre existence. À la différence des mémoires qui sont principalement historiques, l'autobiographie met l'accent sur l'intimité, la personnalité et les confidences. Ce type de récit veille à se montrer le plus sincère et authentique possible. L'autobiographie est également vouée à être inachevée. Plusieurs facteurs mènent un auteur à rédiger son autobiographie. Ici, c'est la volonté de laisser un témoignage. Simone Veil veut raconter ses combats et justifier ses ressentis. Son récit est avant tout une leçon d'humanité. Elle profite de sa notoriété pour participer à la prise de conscience de la Shoah par les nouvelles générations. Son témoignage mérite donc un accueil attentif.

Son récit apporte des éclairages nécessaires sur certains détails historiques, notamment concernant la situation en France durant la Seconde Guerre mondiale, sous le joug nazi. Simone mentionne des réseaux qui se développent pour protéger les Juifs de la menace nazie ainsi que la Résistance, que sa sœur Denise rejoint en 1944. Convaincus des dangers, ses parents prennent la décision d'éparpiller la famille et envoient leurs enfants chez des amis ou d'anciens professeurs. Elle se confie sur les sentiments ressentis dans de telles circonstances, sur ces instants de sécurité avant le drame de son arrestation. Le destin de Simone est marqué par la barbarie et l'horreur humaine. Trois dates restent à tout jamais gravées dans sa mémoire : le 15 avril 1944 (le jour de son arrivée au camp d'extermination d'Auschwitz), le 18 janvier 1945 (le jour de son départ du camp) et le 23 mai 1945 (le jour de son retour en France). Comme de nombreux autres auteurs rescapés de la Shoah, elle raconte l'horreur des camps. Elle reste cependant brève sur cette période. Dépouillée de tout, elle n'est plus qu'un numéro : 78651. Elle raconte le comportement parfois incohérent de ses bourreaux nazis, qui vont jusqu'à sauver des prisonniers malades avant de les exécuter par la suite. Elle explique l'organisation logique et implacable du camp et raconte les trafics illicites qui s'y déroulent (par exemple, l'échange improbable d'une alliance en or contre une cuillère pour manger). Pour clore son chapitre, elle n'hésite pas à poser des questions qui dérangent, notamment sur le bombardement des chambres à gaz par les Alliés et la solidité des discours communistes. Elle se montre très critique envers ceux qui banalisent le mal, et condamne les travaux de philosophes (en particulier Hanna Arendt) sur les totalitarismes et la société de masse. Simone voit cela comme du « masochisme d'intellectuels » (p. 82). Elle est également très critique vis-à-vis de la gestion française des déportés durant l'après-guerre. Le récit de Simone est édifiant, notamment lorsqu'elle évoque l'accueil réservé aux anciens prisonniers : elle fait face à une forme d'ostracisme, à des propos blessants, à des regards fuyants et au désintérêt de la société. Même la communauté juive internationale n'a pas toujours été à la hauteur. Il a fallu attendre 1995 pour que l'État français reconnaisse sa complicité dans les crimes commis contre les Juifs entre 1939 et 1945.

Dans *Une vie*, Simone Veil assume également ses convictions et s'attache à présenter ses opinions politiques marquées. Son autobiographie offre une plongée dans certaines des grandes décisions qui ont marqué la société contemporaine. Pour Simone, son choix d'études est une évidence, car la politique et le droit sont des domaines qui offrent des tribunes pour agir. Elle évoque ainsi les divergences entre elle et son mari sur le plan politique. Les deux époux se retrouvent cependant dans leur intérêt commun pour l'actualité et le projet européen en plein développement. Simone explique le profond clivage qui existe dans les années 1960 au sein de la politique française au sujet de l'Europe. La question coloniale occupe également le devant de la scène, avec les remous en Algérie et les conflits en Indochine (actuel Vietnam). Simone et son époux sont favorables à la décolonisation, non pas par conviction, mais par pragmatisme. Malgré leurs divergences, les époux ont formé un couple soudé et ont fondé une famille unie. Simone insiste fréquemment sur l'importance de la famille, qui se lit aussi dans ses activités politiques. Les derniers mots de son autobiographie vont justement à sa famille, à travers laquelle elle retrouve la joie et l'affection. Son livre est aussi dédié à ses proches : « Pour Yvonne, ma mère, morte à Bergen-Belsen. Pour Papa et Jean, assassinés en Lituanie. Pour Milou et Nicolas, qui nous ont quittés trop tôt. Ainsi que pour ma famille, pour le bonheur qu'elle m'apporte » (p. 7).

Jusqu'à son décès en 2017, Simone Veil est restée une implacable défenseuse du projet européen. Dans son ouvrage, lorsqu'elle évoque la situation internationale, elle ne mâche pas ses mots. Elle pense que nous vivons désormais dans un paradoxe : la mondialisation domine la pensée contemporaine. Cependant, les citoyens semblent de plus en plus attachés à leur identité nationale au point de développer des tentations communautaristes. Elle garde un œil averti sur la situation politique, notamment avec la menace grandissante de l'extrême droite. Elle tient également à défendre certains de ses choix, notamment son soutien à Sarkozy lors de l'élection présidentielle de 2007. Sarkozy fait campagne sur le thème de la rupture, sur le principe de remettre la France en mouvement dans certains domaines clés chers aux idéaux de Simone.

Grâce à ses discours affirmés et à l'ensemble de son œuvre, Simone Veil intègre les « Immortels » de l'Académie française le 20 novembre 2008. Cette institution se compose de quarante membres et rassemble des romanciers, des hommes d'État, des historiens, etc. Élue au premier tour, Simone s'installe dans le treizième fauteuil. Elle est la sixième femme à siéger dans cette prestigieuse institution qui contribue au rayonnement des lettres et de la langue française.

CLÉS DE LECTURE

LE NAZISME ET LES HORREURS
DE LA SHOAH

Simone Veil a connu l'épreuve de la Seconde Guerre mondiale et l'enfer de la Shoah. Ce terme, qui signifie « catastrophe » en hébreu, désigne l'extermination des Juifs d'Europe par les nazis. L'histoire complexe de l'horreur de la Shoah peut être présentée en quelques étapes marquantes.

Le NSDAP – *Nationalsozialistische Deutsche Arbeiterpartei* (parti national-socialiste des travailleurs allemands) – mené par Adolf Hitler remporte les élections allemandes en 1932, à la faveur de la crise économique et du nationalisme grandissant engendré par le Traité de Versailles signé à la fin de la Première Guerre mondiale. Cette victoire électorale permet à Adolf Hitler d'être nommé chancelier en janvier 1933. Rapidement, le parti nazi utilise des prétextes pour arrêter ses opposants et mettre fin à certaines libertés civiles. L'Allemagne est progressivement nazifiée dans les mois qui suivent la nomination d'Hitler, avec notamment la création d'un ministère de la Propagande dirigé par Joseph Goebbels. De nombreux ouvrages écrits par des auteurs « indésirables » (des Juifs, des socialistes, etc.) sont brulés dans de gigantesques buchers. Les autres formations politiques sont interdites et l'ensemble des activités culturelles est placé sous l'autorité du parti unique. L'idéologie nazie défend l'idée d'un peuple uni mené par un chef incontesté et est basée sur une inégalité raciale : les Allemands aryens se trouvent au sommet de la hiérarchie tandis que les Slaves et les Juifs se situent tout en bas de l'échelle.

L'antisémitisme est un des principes majeurs du nazisme. Pour mettre en place son projet d'une Allemagne ethniquement pure, le Reich ouvre plusieurs camps de concentration où se retrouvent enfermés, par mesure d'« assainissement public », plusieurs milliers de militants antinazis, de Tziganes et de Juifs. Ces derniers font l'objet de traitements particulièrement violents. Dès 1933, les Juifs deviennent progressivement évincés de la vie économique, militaire et sociale. En 1935, une loi est promulguée et leur interdit de se marier avec des non-Juifs. En 1938, la situation se radicalise encore plus : leur statut légal, accordé au XIXᵉ siècle, est révoqué et leur fortune est prélevée en totalité par le Reich allemand. Certaines synagogues sont dynamitées. Le 9 novembre 1938, un pogrome à l'échelle nationale est organisé (la « Nuit de cristal ») durant lequel de nombreux magasins sont incendiés, de nombreux Juifs tués ou arrêtés et transférés dans des camps. La communauté juive allemande est progressivement poussée à l'émigration. En 1939, la Pologne est envahie par l'armée allemande, ce qui entraine l'entrée en guerre de la France et du Royaume-Uni. Après l'invasion, le territoire est partagé entre l'Allemagne et l'Union soviétique. Les Juifs qui résident sur les territoires conquis sont sévèrement réprimés, contraints de porter des signes distinctifs et concentrés dans des ghettos dont les accès sont limités et contrôlés par les nazis. Leur entassement cause rapidement des famines, des épidémies et de nombreux décès.

En juin 1940, la France signe l'armistice avec l'Allemagne nazie et instaure le régime de Vichy, collaborationniste, qui se fonde sur une idéologie antisémite et nationaliste. Une législation contre les Juifs qui s'inspire des lois du Reich allemand est appliquée. Les deux pays collaborent activement, notamment via un recensement des Juifs sur le territoire français et des rafles, qui mènent à l'internement et à la déportation de plusieurs milliers de personnes. Plusieurs camps d'internement et de transit sont ouverts, notamment celui de Drancy qui sert de plaque tournante à la déportation.

En 1942, lors d'une conférence à Wannsee près de Berlin, les principaux dirigeants du régime nazi décident de procéder à la « Solution finale de la question juive », la liquidation physique des Juifs d'Europe. Ils mettent en place un processus d'élimination massive, qui a déjà commencé en 1941, mais à une échelle plus locale avec les *Einsatzgruppen*, des commandos mobiles chargés de liquider les Juifs dans les territoires conquis. Ce processus se met en place dans les pays occupés par l'Allemagne nazie (France, Belgique, Pologne, etc.). Les Juifs sont déportés de manière systématique à partir de l'été 1942. De nouveaux camps sont construits et certains camps de concentration (dont Auschwitz-Birkenau et Treblinka) sont rapidement transformés en camps d'extermination. À leur arrivée dans les camps, les prisonniers sont séparés : les femmes et les enfants d'un côté et les hommes de l'autre. Déshabillés, ils sont conduits dans des chambres à gaz et mis à mort. Certains prisonniers sont maintenus en vie, soit pour retirer les corps et les enterrer dans des fosses communes avant de les bruler, soit pour exécuter du travail forcé dans les camps.

Lorsque la guerre prend une tournure difficile pour l'Allemagne nazie, les principaux centres sont liquidés. Les détenus survivants sont jetés sur les routes pour les évacuer vers d'autres camps. Lors de ces « marches de la mort », de nombreux prisonniers meurent de fatigue ou sont abattus par leurs bourreaux.

LE DEVOIR DE MÉMOIRE ET LA NOTION DU SOUVENIR

L'expression « devoir de mémoire » appartient désormais au langage courant. Elle désigne l'obligation morale de se souvenir d'un évènement historique tragique et des nombreuses victimes. Elle a de nombreuses et complexes implications, touchant à la fois la culture, la religion, l'enseignement, l'histoire ou encore la politique. Les prémices de ce devoir de mémoire datent de la fin de la Première Guerre mondiale, avec des associations luttant pour la conservation de la mémoire dramatique des années de guerre, la création de mémoriaux et la sécurisation des anciens sites militaires (comme Verdun). Un véritable cérémonial est conçu pour honorer les morts et les héros tombés pour la patrie. Depuis la fin des années 1970, la mémoire de la Shoah a pris son autonomie et s'est inscrite au centre de ce devoir. Des associations liées à la Résistance et d'anciens prisonniers des camps se mobilisent pour garder le souvenir de la déportation, et cela dès la fin de la Seconde Guerre mondiale. La référence à la Shoah construit une nouvelle manière de concevoir le devoir de mémoire. Désormais, ce ne sont plus les héros qui sont commémorés, mais bien les victimes.

Les condamnations des dignitaires nazis lors du procès de Nuremberg à la fin de l'année 1945 et la catharsis initiée par l'Allemagne dans les années d'après-guerre participent activement à l'émergence du devoir de mémoire sur les crimes de la Seconde Guerre mondiale. La Shoah devient également un objet littéraire et philosophique. Certains survivants ressentent le besoin de raconter, de transmettre et de décrire des évènements traumatiques, pour témoigner et garder vivante la mémoire des victimes. La diversité de la production littéraire met en avant l'horreur palpable de la Shoah et les souffrances vécues. On y retrouve des journaux intimes, comme celui d'Anne Frank, rédigé avant sa déportation et qui reflète les émotions et l'état d'esprit d'une jeune adolescente allemande d'origine juive ; des chroniques, comme celles de Leyb Rokhman, ancien prisonnier du ghetto de Minsk et évadé d'un camp de travail ; des témoignages, comme celui de Primo Levi, qui publie en 1947 *Si c'est un homme*, un ouvrage biographique sur sa détention à Auschwitz de février 1944 à janvier 1945. Simone Veil, qui consacre les dernières années de sa vie à la Fondation pour la mémoire de la Shoah, rejette cependant le terme de « devoir de mémoire ». Dans une interview pour le Nouvel Observateur en 2005, elle dit : « Je n'aime pas l'expression "devoir de mémoire". En ce domaine, la notion d'obligation n'a pas sa place. Autre chose est le devoir d'enseigner, de transmettre. Là, oui, il y a un devoir » (Veil, Interview pour *Le Nouvel Observateur*, 2005). Malgré cela, elle participe à la production littéraire mémorielle, avec les quatre premiers chapitres de *Une vie* et son témoignage dans *L'Aube à Birkenau*.

D'abord exprimé dans des groupes restreints, le devoir de mémoire intègre donc progressivement la société entière, qui prend conscience de la nécessité du souvenir. Aujourd'hui, la plupart des autorités politiques ont imposé ce devoir de mémoire de manière officielle, dans le cadre d'une politique de la mémoire. C'est le cas dans l'enseignement ou dans les institutions chargées d'écrire l'histoire. Les programmes scolaires, qui intègrent l'explication de la Shoah dans les cours d'histoire, participent à la reconnaissance officielle de la tragédie et du souvenir.

Le devoir de mémoire prend aujourd'hui de nombreuses formes et touche de nombreux sujets, avec notamment les crimes du communisme en Europe de l'Est, le génocide arménien, les bombardements nucléaires au Japon et les victimes des attentats terroristes.

UN SYMBOLE DU FÉMINISME

Il est aujourd'hui impossible de parler des droits des femmes en France sans penser à Simone Veil. En tant que ministre de la Santé, elle a transformé la vie des Françaises grâce à son combat réussi pour le droit à l'avortement. Les droits des femmes en France ont commencé à réellement évoluer à partir de la seconde moitié du XXe siècle. En effet, la Révolution française n'a pas modifié en profondeur la condition de la femme et ne leur a pas ouvert le chemin de la citoyenneté. En 1804, le Code civil institutionnalise même l'infériorité de la femme face à son mari. La Première Guerre mondiale démontre cependant que les femmes sont essentielles au bon fonctionnement de la société. Il faut pourtant attendre 1944 pour que la République française accorde le droit de vote et l'éligibilité aux femmes. Les revendications féminines commencent alors à porter sur tous les domaines de la vie et elles militent pour plus d'égalité. À partir de 1946, les droits des femmes connaissent une multitude d'avancées (égalité dans la Constitution en 1946, modification du régime légal en 1965, autorité parentale conjointe en 1970, etc.) et plusieurs associations féministes sont créées (Mouvement français pour le planning familial, Mouvement de libération des femmes, Mouvement pour la liberté de l'avortement et de la contraception, etc.). En 1947, Germaine Poinso-Chapuis devient la première femme à obtenir une fonction ministérielle dans l'histoire de la République française, et la seule jusqu'à Simone Veil en 1974.

Le 17 janvier 1975, Simone Veil parvient à faire voter son texte sur la dépénalisation de l'avortement (jadis puni sévèrement par une loi datant de 1920) malgré les invectives et les attaques de la majorité parlementaire de droite conservatrice auxquelles elle doit faire face. Le droit à l'interruption volontaire de grossesse a été une énorme avancée pour les libertés individuelles et pour la libération sexuelle des femmes. L'image de Simone Veil reste associée à cette loi. Cependant, dès le milieu des années 1960, elle travaille déjà à la construction d'une plus grande égalité juridique entre les hommes et les femmes. Durant la guerre d'Algérie, elle parvient notamment à sauver des dizaines de femmes militantes victimes d'abus qui croupissaient dans les geôles coloniales. De 1974 à 1979, à la tête de ses ministères, elle défend ses politiques familiales, pour mieux répondre aux évolutions de la société et de la place des femmes. Elle multiplie les initiatives dans sa sphère de compétence et instaure des aides financières et des allocations pour les mères ainsi que des congés pour les femmes venant d'accoucher.

Son élection à la tête du Parlement européen en 1979 reste dans l'histoire comme le symbole de l'évolution de la place des femmes dans la société et dans la politique mondiale. Aujourd'hui, son nom est attribué à des accomplissements marquants : le « prix Simone Veil de la République française » est décerné depuis 2019 à une personne ou un collectif œuvrant en faveur des droits et de la condition des femmes et/ou de l'égalité. Le prix littéraire Simone Veil, quant à lui, récompense depuis 2012 un ouvrage rédigé par une femme qui a comme intérêt de faire connaitre une ou plusieurs personnalités féminines marquantes de leur époque.

Par son parcours et ses accomplissements, Simone Veil est donc devenue une véritable icône du féminisme.

POUR LA CONSTRUCTION DE L'UNION EUROPÉENNE

Simone Veil incarne de nombreux combats, mais son engagement européen reste cependant moins bien connu que la plupart d'entre eux. En effet, elle est une proeuropéenne convaincue, transgressant les frontières nationales et partisanes, et demeure encore aujourd'hui une des figures majeures de la mémoire européenne. Tout au long de sa carrière de députée, elle a contribué au renforcement du pouvoir du Parlement européen.

L'Union européenne a été créée pour mettre fin aux guerres qui ont ravagé le continent, avec comme point d'orgue les ravages de la Seconde Guerre mondiale. Le concept de cette union germe dès 1946, avec les idéaux pacifistes de Robert Schuman, Konrad Adenauer et Alcide De Gasperi. À partir de 1950, la CECA (Communauté européenne du charbon et de l'acier) unit progressivement la plupart des pays d'Europe de l'Ouest au niveau économique et politique pour garantir une paix durable. La CECA est fondée par six pays : le Benelux (Belgique, Pays-Bas et Luxembourg), la France, la République fédérale d'Allemagne et l'Italie. L'Assemblée commune, ancêtre du Parlement européen et composée de députés désignés par les parlements nationaux, est établie en 1952 et siège à Strasbourg.

L'Europe de l'Est est cependant secouée par la Guerre froide. Dans ce contexte, le projet d'une CED (Communauté européenne de défense) avec la création d'une armée européenne voit le jour, mais est rejeté en 1954. En 1957, la construction européenne est relancée. Les Traités de Rome instituent la CEE (Communauté économique européenne), qui établit le marché commun européen et pose les bases de la politique agricole commune. L'Assemblée commune prend également le nom de « Parlement européen ».

Durant les années 1960, l'économie européenne est en pleine croissance, en particulier grâce à l'abandon des droits de douane et aux échanges commerciaux. Certains produits agricoles deviennent même excédentaires. Un traité d'amitié voit le jour entre la France et la République fédérale d'Allemagne en janvier 1963, traité qui accroit la collaboration entre les deux pays. Dans les années 1970, la Communauté s'agrandit avec l'adhésion de nouveaux membres. Le Danemark, l'Irlande et le Royaume-Uni entrent dans la CEE en 1973. Le Conseil européen est fondé en 1974 et partage avec le Parlement le pouvoir législatif de la Communauté européenne.

En 1979, le Parlement accroit de plus en plus son influence dans les affaires européennes et connait un changement plus que bienvenu : les premières élections au suffrage universel direct, un principe prévu depuis les Traités de Rome en 1957, mais qui a toujours été repoussé. Pour la première fois, les citoyens des pays membres élisent leurs députés. Les participations sont variables (91 % en Belgique, 60 % en France, 31 % au Royaume-Uni, etc.). Simone Veil, alors ministre française de la Santé, conduit la liste UDF (Union pour la démocratie française) lors des élections. Élu en juin, le Parlement procède à l'élection de son président. Simone Veil est élue à la majorité absolue.

La première femme présidente de la CEE s'oriente vers les affaires européennes avec conviction. Rationnelle et mesurée, elle défend des positions supranationales et fédéralistes. Grâce à son combat, l'image un peu terne du Parlement s'améliore et elle contribue à faire connaitre l'institution à l'opinion publique. Sous son mandat, le

Parlement obtient un rôle politique réel et participe à la construction communautaire européenne. Pour elle, le rapprochement des peuples (et la réconciliation franco-allemande) est nécessaire au maintien de la paix dans le monde. Dans son discours d'intronisation du 17 juillet 1979, elle annonce que « pour relever les défis auxquels l'Europe est confrontée, c'est dans trois directions qu'il (nous) faudra l'orienter : l'Europe de la solidarité, l'Europe de l'indépendance, l'Europe de la coopération » (p. 318). Elle reste très attachée à l'idée d'une Europe dans laquelle des atrocités comme la Shoah ne pourraient plus jamais se produire. Après son mandat de présidente, elle poursuit son travail en tant que députée et continue à s'engager complètement au service de l'Europe, dont la solide construction reste sa priorité.

PISTES DE RÉFLEXION

QUELQUES QUESTIONS POUR APPROFONDIR SA RÉFLEXION...

- Simone Veil décrit sa famille comme juive et laïque. Pensez-vous que ces deux adjectifs soient compatibles ?

- Pourquoi le sud-est de la France est-il resté un refuge pour les Juifs durant une grande partie de la guerre ? Expliquez.

- Que sont les *kapos* évoqués par Simone Veil lors de son passage à Auschwitz ? En quoi étaient-ils privilégiés par les nazis ?

- Comment Simone Veil a-t-elle bâti son identité politique ? De quelle orientation se considère-t-elle ?

- Simone Veil juge Charles de Gaulle assez sévèrement, notamment sur la question de la restauration d'après-guerre et sur son opposition au fédéralisme européen. Pensez-vous que le « gaullisme » soit un style de gouvernance trop personnel ? Développez.

- Relisez le discours de Simone Veil prononcé à l'Assemblée nationale en novembre 1974. Expliquez ses positions sur l'avortement.

- Quelles sont les principales vues de Simone Veil sur l'intégration de certains pays de l'Est, notamment la Turquie, dans l'Union européenne ?

- Simone Veil s'inquiète de la montée des partis d'extrême droite. En quoi peuvent-ils être vus comme une menace politique contre la démocratie ?

- Pourquoi Simone Veil considère-t-elle des œuvres comme *La vie est belle* et *La liste de Schindler* comme des créations fantaisistes ? Êtes-vous d'accord avec son opinion ? Argumentez.

POUR ALLER PLUS LOIN

ÉDITION DE RÉFÉRENCE

- Veil S., *Une vie*, Paris, Stock, 2007.

ÉTUDES DE RÉFÉRENCE

- « Grande traversée : Simone Veil, pour mémoire », Émissions radio et archives sur France Culture du 23 au 27 juillet 2018, in *franceculture.fr*, consulté le 08/10/2021. URL : https://www.franceculture.fr/emissions/simone-veil-pour-memoire.

- « Simone Veil : survivante de l'Holocauste et première femme présidente du Parlement européen (1927-2017) », in *Europa.eu*, consulté le 10/10/2021. URL : https://europa.eu/european-union/sites/default/files/eu-pioneers/eu-pioneers-simone-veil _ fr.pdf.

- « Interview de Simone Veil par Agathe Logeart », in *Le Nouvel Observateur*, n° 2097, du 13 au 19 janvier 2005.

SOURCES COMPLÉMENTAIRES

- « L'histoire de l'Union européenne », in *Europa.eu*, consulté le 10/10/2021. URL : https://europa.eu/european-union/about-eu/history _ fr.

Votre avis nous intéresse !
Laissez un commentaire sur le site de votre librairie en ligne
et partagez vos coups de cœur sur les réseaux sociaux !

lePetitLittéraire.fr

- un résumé complet de l'intrigue ;
- une étude des personnages principaux ;
- une analyse des thématiques principales ;
- une dizaine de pistes de réflexion.

**Retrouvez
notre offre complète sur
lePetitLittéraire.fr**

www.lepetitlitteraire.fr

ISBN version numérique : 9782808024372
ISBN version papier : 9782808024389
Dépôt légal : D/2021/12603/58

Conception numérique : Primento,
le partenaire numérique des éditeurs.

www.ingramcontent.com/pod-product-compliance
Lightning Source LLC
LaVergne TN
LVHW041253200726
843507LV00013B/2944